KB217519

가슴벽에 걸어둔 달빛 풍경

께

드림

류우복 시집
가슴벽에 걸어둔 달빛 풍경

인쇄 | 2021년 7월 25일
발행 | 2021년 8월 2일

글쓴이 | 류우복
펴낸이 | 장호병
펴낸곳 | 북랜드
06252 서울 강남구 강남대로 320, 황화빌딩 1108호
41965 대구시 중구 명륜로12길 64(남산동)
대표전화 (02)732-4574, (053)252-9114
팩시밀리 (02)734-4574, (053)252-9334
등록일 | 1999년 11월 11일
등록번호 | 제13-615호
홈페이지 | www.bookland.co.kr
이-메일 | bookland@hanmail.net

책임편집 | 김인옥
교 열 | 배성숙 전은경

ISBN 978-89-7787-035-2 03810
ISBN 978-89-7787-036-9 05810 (E-book)

값 12,000원

가슴벽에 걸어둔 달빛 풍경

류우복 시집

북랜드

청라 류우복
RYU WOO BOK

1934년 경북 군위군 소보면 출생
영남대학교 정경학부 정치과 졸업
영남대학교 경영대학원 경영과 수료(경영진단사)
주식회사 동서물산 창립 및 대표이사 경영
1954년 경주 제1회 서라벌예술제에서 시 우수상 수상
2014년 ≪월간한비≫ 시로 등단
2016년 한국한비 시 대상 수상
2020년 한국문학 베스트 시인상 수상

한국문인협회 대구지회 회원
군위문인협회 회원
국제펜 한국본부 대구펜 문학 이사
2015년 한국문학비평가협회 좋은시 명시인전 공저
2016년 『한국현대 대표 서정시』(「석란사」 이수화 평설) 공저
외 다수

祝

發刊

靑羅의
優雅한 詩心이
米壽에 開花로다.

一軒 李完栽

철학박사, 영남대학교 명예교수

| 시인의 첫말 |

미수米壽에 다시 연필을 깎으며

파란한 시간들이 황혼 늪을 헤쳐가고 있다.
산촌에서 태어나 자란 삶이 순탄치 않아
시름에 젖은 마음으로 글을 쓴 것이
시詩의 싹이 튼 것 같다.

중2 때에 문예부장을 맡았으며 고3 때 「엄마의 기일」
이란 시를 지어 제1회 경주 서라벌예술제에
올려 우수상를 받고 경주 극장에서 수상시를
낭송한 것을 끝으로 시와 결별하고 말았다.

졸지에 고아가 된 어린 3남매를 거느린 생계와
대학 진학의 무거운 짐 탓에
시를 생각할 겨를이 없었다.

난전에서 찬거리를 팔아 생활하던 생업이 발전하여
법인 회사를 설립 대기업 OEM 제품을 생산하는
중견 기업을 경영하던 중 97 외환위기
IMF에 휩쓸렸다.

허탈에 빠져 방황 중 문득 오래된
기억이 떠올라 다시 시의 문을 열고
팔순 넘어 시인으로 등단하였다.

밤잠 설치며 시구詩句를 찾으려고 몽당연필
깎았지만 늘 미흡하여 계면쩍은 심정 불구하고
설익은 시를 해 아래 펼치려 한다.

2021년 푸른 계절에
청라 류우복

차례

2

3

4

1

河回九曲 제1곡-병산서원(屛山書院)

꿩-장끼와 까투리

첫여름이 흐르는 산기슭
풀씨밭에 꿩이 울면
향수鄕愁 젖은 내 마음은
어느덧 고향으로 내달린다.

장끼는 전원의 은군자,
눈언저리 장미꽃이 곱고
청잣빛 목도리 멋스러운 맵시
숲속의 호걸
수꿩이 솔밭 기슭에 내려오면
그리운 연인처럼 설렌다.

알락 무늬 깜찍한 까투리
갈잎 덤불 속에
파르무레한 꿩알을 품고
포식자 살피는 눈초리
날카롭고 매서운 암꿩의 모성애

종족 보존 집념이 대견스럽다.

향수鄕愁가 밀려드는 야생의 꿩은
향토의 터주 새
장끼 울음소리 평화로운
전원의 파라다이스!

가슴벽에 걸어둔 달빛 풍경

청산에 둘러싸인 한적한
마을에 해가 지면
달빛이 어둠을 지우고
귀뚜라미 고요 속에 잠들 때
치성 드리는 할매 손은 바쁘시다.

달빛 가득한 허공을
드비* 날아오르는 멧새 그늘에 놀란
애련한 궁노루 눈가에
짝을 찾는 그리움이 고인다.

초가 마당에 달빛이
서설처럼 흩날리면 불면이 귀를 열고
이 산 저 산 "솥적당"
소쩍새의 달빛 연가 천년 넋이 붉다.

재 너머 아련한 기적이

사린 마음을 훔쳐내는 밤에
달빛이 푸른 솔잎에 영롱한 수를 놓아
눈길 사로잡는 그림 한 폭!

가슴벽에 걸어둔 달빛 풍경….

* '뒤집어'의 경상도 방언

눈 푸른 영령

- 위령 시詩를 올립니다

코발트빛 하늘 아래
오륙도 파도 소리가 진혼곡으로
퍼져나가는 무궁화 누리터에
고이 잠든 눈 푸른 영령을 기립니다.

꽃 같은 나이에 엄마 손을 놓고
코리안의 겨레 상잔에
의연히 참전하여 태극 생명 살려놓고
불꽃처럼 산화한 천상의 님이여!

타다 남은 재마저 에너지 되어
하늘 길 열어서 세계 어깨 마주하는
선진국 반열에 오른
조국의 초석이 된 유엔의 힘.

유공遺功의 은혜는 하늘보다 높습니다.

유엔 유택 여신이여
목숨 바쳐 우방의 방패막이 되어
무궁화 그늘에 영면하는
유엔군 영령을 살펴 주소서!

2021년 6월 17일

부산 대연동 유엔기념공원에서
- 국제펜 대구펜센터 추모 행사

반곡지* 왕버들

육모정 지붕 위에
햇살이 부시는 오후의 운치
마음은 홀연히 매혹에 젖는다.

천년의 전설 품은 반곡지에
뿌리 내린 아름드리 왕버들
청태꽃이
듬성듬성 피었네!

휘우뚱한 둥치 속 너덜난 동굴에
족제비 들짐승 드나들고
겉거죽에 불거진
혹불은 파란한 기억을 쟁인 곳집이다.

멋쟁이 왕버들 늙으신네
철 따라 눈부신 옷을 갈아입고
연둣빛 고운 복사꽃과

어울리면 영롱한 그림으로 피어난다!

천년이 녹아 있는 유록빛 물결에
달빛 흐르는 반곡지
고색 정취를 자아내는 왕버들!
도원경의 반곡지 왕버들….

* 경산 남산면 반곡리에 있는 저수지

대게

둥근 식탁에 대게가 엎드려 있다.
장끼를 낚아챈 황조롱이
눈알 돌리듯
식탁 위의 눈들이 회전한다.

심해의 귀족 족보에 오른
대게는 옆걸음이 직선인 바다의 마법사
거북선 노처럼 기세 있는 건각으로

깊고 아득한 용궁에 뛰어들어
용왕님의 수라상 된장을 서리해 배를 채우고
옆걸음으로 줄행랑치다가
포도청 그물에 걸려버린 저 운명….

펄펄 끓는 물고문에 사지를 비틀리고
뱃구레를 긁어낸 된장으로
밥 비비는 형벌을

예견한 대게가 삶을 포기하고
새끼들에게
유언을 남겼으리라!

"사랑하는 애들아!
약육강식의 사바 세계다.
용와대 근처에는 가지를 말거라."

백 번 씹기

- 험한 밥 맛있게

풀꽃 향기 심호흡 길게
흙내음도 상쾌하다.

가쁜 오르막 땀 차지만
기氣가 흐르는 손을 잡고
숱한 고개 넘어온 신발 나쁘지 않아
오늘도 그대 품을 찾는다.

낯설지 않은 바람이
야윈 다리 붙드는 언덕
망개나무 아래 약수 한 컵이
물보라 맞은 듯 가슴이 확 트인다.

산중턱 바위 아래 정든 자리
내 진작 등기해 놓았지.

까칠한 보리밥 토장에 풋고추

한 입 물고 하늘 쳐다보며 백 번 씹기
넘길 것 없어도 환상의 맛이다.

다람쥐가 쪼르륵 입 쳐다본다.
너도 백 번 씹어 봐….

푸른 깃발

햇볕에 익은 바람이 불어와
산을 덮은 진달래 꽃잎에 잉걸불이 번져
봄비 눈물에 꽃잎 지고
푸른 깃발이 나비처럼 나부낀다.

오동잎 넓은 잎사귀
여인네 치맛자락처럼 봄바람에 펄럭이고
한겨울 이겨낸 보리밭 이랑에
잡초들 손톱 깃발 펼치는
황토 들녘에 노고지리 높이 떠
향수鄕愁 짙은 노래를 부른다.

오월은 계절의 왕자!
첫여름 생명들의 축제 마당
파랑새 푸른 꿈은 구름 위에 피어나고
비 갠 아침보다 더 맑은
그대 가슴 따사로워

새싹들이 무럭무럭 티 없이 자란다.

솔잎에 쏟아지는 달빛
내 가슴에 깃털처럼 나부끼는 푸른 깃발
밝은 세상 만들어갈 영혼이
시詩의 텃밭에 푸른 씨앗 뿌린다!

허벅지 숲

세월의 예술인가
서양 바람의 가위질인가
바야흐로 아랫도리 누드 시대.

치마 밖으로 나온 허벅지
물오른 살빛 호리어
사내들 곁눈 힐끔힐끔 훔친다.

햇볕이 어거지로 짤라뱅이 만든
가랑이를 비집고 나온
가을 갯무시 같은 허벅지 숲

한여름이 힘든 남정네
냉방 잘된 지하철 안이 오감하거늘
안심찮게 허벅지 숲
눈요깃감을 누리는 일석이조
여름나기 객정이 흐뭇하여라.

풋 젊은 여성의 특권
허벅지 인력에 은근히 끌리는
의뭉스런 눈길도 자연의 섭리로
치부한다.

오브제토 카페objeto cafe

하늘 아래 일번지 카페 찾아
팔조령 바람재 넘어
청도 화양 유등리에 내 닿았다.

오브제토 카페 앞
드넓은 들판에 연둣빛 복사꽃향기에
홀린 벌 나비 날아들듯
주차장은 상곡지* 물결처럼 넘친다.

오색 꽃잎 휘장 두른
커피향 그윽한 맛집에 드니

마약 옥수수빵, 딸기 파르페
서양 먹거리 고소한 풍미
연지**에 핀 연꽃처럼 탐이 나
군침 도는 향긋한 첫 느낌이
혀끝에 짙은 여운으로 맴도네!

* 오브제트 인근의 작은 못

** 유등 연지 연꽃 군락지

2021. 4. 17.

바늘귀

따뜻한 손길이
매끈한 가슴에 닿으면
그리운 사랑에 녹아
바늘귀는 활짝 열린다.

손끝에 풀기 마르고
세월의 그늘이 눈꺼풀 타고
내려오면 야박하게
닫아 버리는 바늘 귀….

마른 침 삼키며 가다듬어
실끝을 물어뜯고
비벼서 빳빳하게 세워 용쓰지만
닫힌 귀는 열리지 않는다.

이골이 난 불쏘* 화살이 계면쩍어
쥐구멍을 찾다가 소발에 쥐 잡히듯

무명실이 귓속으로 들어가면
십 년 묵은 체기가 내려간 듯
가슴이 시원하게 트인다!

* 과녁을 뚫지 못함. 목적을 이루지 못함

2016. 12.

봄사탕

살구꽃 활짝 핀
시골 경로당 뜰에
할아버지 쌈지에서 떨어진
파르스름한 알약 하나.

불끈 솟는 힘

기쁨의 날개

고것이 익모초처럼
쓰지 않았더라면
입 마른 할머니가
입에 물고
즐거워했을 봄사탕….

불멸의 씨

잘 익은 토마토 한 입
실하게 물었더니 액즙이
씨를 품고 멀리 튕겨 나간다.

여름밤 앵앵 소리에 스트레스 받아
살충제 흥건히 뿌렸더니
알밴 암모기 임산부라 죽을 수 없다며
더그매* 벽에 숨어 있다.

조상 묘역 잡풀에 손들고
소나기처럼 제초제 퍼부었더니
속새 한 포기 겨울갈잎 꼴로
초죽음 당했다며 새순을 밀어 올린다.

알밤 하나를 정원에 묻었더니
밤나무 묘목이 튼실하게 자랐는데
그 알밤 썩지 않고
영양의 젖줄 물리고 있다.

* 지붕과 천장 사이

삶과 죽음 사이

어느 해 여름 샘물이 말라 눈물처럼 고이는 테두리 없는
우물가에 두레박 끈을 잡고 졸고 있는 아이가 있었다.

이윽고 삶의 경계선을 넘어선 찰나 두뇌의 활동은 멎고
심장만 뛰는 삶과 죽음 사이에 끼었다.

고향 집 앞 오래된 감나무 아래에서 한 살 아래 사촌이
고뿔이 들어 칭얼대자 할매가 업고 있는 것이 못마땅한
고집쟁이
성화에 못 이겨 내려놓자 성이 난 사촌이 머리만 한
돌덩이로 내 발을 찧었다.

아프고 분하여 달래는 할매를 뿌리치고 불 맞은 노루처럼
땅에 핏자국 떨구며 동구 밖으로 달음질쳤다.

멀찌감치 떨어진 우물가에 닿을 때까지
분이 풀리지 않아 생각 없이 테두리 없는 우물가에 앉아

평소 엄마들처럼 두레박 끈을 잡고 물이 고이기를
기다리다 깜박 졸았다.

산 중턱 벼랑밭에 일하던 숙모의 눈에 아이가 우물 가까이
가더니 사라져 혹시나 하고 달려가 깊은 우물 속을 살피
는 순간
소스라쳐 말을 못 하고 집으로 달려가 샘 안에 아이가!?
하며
황급을 떠니 마침 들일 끝내고 돌아온 아버지가 우물 속에
들어가 보니 샘물은 목까지 차있고 생사는 알 길 없어 들
쳐 업고
우물을 빠져 나왔으나 의식이 없었다.

그때 오지마을은 병원을 모르고 살았기에 그냥 방바닥
에 뉘어 놓고
깨어나기 소망하며 빌고 빌었다 정성의 효험일까? 덮인
눈꺼풀이

움직이니 방 안 가득 동네 사람들 '살았다 살았다' 소리치는데
할매 엄마는 눈물만 쏟을 뿐 어쩔 줄 모르고 새파랗게 질려있었다.

신기하게 엄지 발톱이 빠진 것은 돌덩이 탓일 뿐 머리칼 하나
다친 데 없으니 모진 운명인 것 같다.

삶과 죽음의 사이는 이승도 저승도 아닌 평화로운 무승이다.

작은 것이 소중하다

쌀자루가 작아야
밥맛 나고
밥그릇이 작아야
장수하고
욕심이 작아야
행복이 커진다.

작은 고추가 더 맵고
참새가 작아도 알을 잘 낳고
대추가 작아도
제사상 첫머리에 오른다.

작은 씨앗이 거목을 이루고
키 작은 사람이
세계를 다스리고
작은 핵이 우주를 제압한다.

2019년 말복에 안방처사

시를 품은 범어천 라인

버들치 뛰어오르니
망둥이가 솟구친다.
푸른 냇가 노란 입술 개나리 아양에
발목 잡힌 개구쟁이
올챙이 한 움큼 건져 담아
고무신 배 띄우던 그날이 선하다.

추억 깔린 범어천에 징검다리 시인이 나고
수성벌 갈증 풀어주는 젖줄 따라 오르면
부엉이도 명상하는 수성의 허파
진밭골의 깊숙한 안쪽 너덜 물방울이 어우러져
에움길 휘돌아 다다른 수성큰못….

은하의 드맑은 물 푸른 호수에
해국처럼 떠 있는 시의 향기
달빛에 얽힌 인생 연리지
뜨거운 사랑 쏟아부은 옥수 한 섬 받아 싣고

생태하천 명패 달고 신천강 수달에게
젖 주러 가는 모성이 너그럽다.

가르마 들안길 애국시인 이상화 저항시비
우뚝하고 범어천 어귀에
정호승 싯돌이 문단의 별로 빛나는
시를 품은 범어천 라인은 시의 고향이다.

영혼의 원룸

청잣빛 하늘 아래
오색 황토 유택의 지붕에
풀꽃 향기 은은하다.

눈부신 해가 지면
부리 긴 두루미 달빛 물고 내려앉은
명당 자리 천제원*에
손바닥 빗돌 세운 영혼의 원룸이
별처럼 촘촘하다.

백세길 숨 가쁘게 파경 없이 끝마치고
후회나 미련 없이
원룸으로 돌아간
영혼의 파란 연보가 태극 아래 잠드네.

유택을 뒤로 하고 발길을 옮기는데
소쩍새 잦춘** 음파가

노승의 독경인가?
미수의 눈앞에 눈 익은 이정표가 보인다.

* 의성 땅에 조성한 친자연 장지공원

** 잰 동작으로 잇달아 재촉하다

이팝꽃 필 무렵

가까이서 보면 늦가을의 서릿발
멀리서 보면 솔잎에 내려앉은 함박눈꽃
적당히 물러나 보니
고봉으로 담은 이밥이네.

뭉게구름이 매달린 이팝나무 아래
풋 보리싹을 절구질하는 아낙네
관자뼈가 불거지는 보릿고개를 찧고 있다.

태어나서 쌀 한 말 먹지 못하고
이팝꽃이 안개처럼 자욱한 갯마을로 시집간 누나
굴뚝연기 시답잖긴 매일반이라고
바람이 속삭여 하염없이
회색 하늘만 쳐다보는 어버이 안스러워
접동새는 그렇게 구슬피 울었네.

순백의 눈을 덮어쓴 이팝꽃

햇볕과 땅김이 쌀밥으로 뜸들여
배 꺼진 조무래기
허기를 달래는 어머니의 눈물꽃
보릿고개 숨찬 아버지의 풍년꽃…?

정동진의 아침

밤새워 포말이 씻어 놓은 모래 위로
새벽 열차가 지나간다.

집어등 머언 불빛이 별처럼
가물거리고 연인들은 연리지 되어
수평선만 바라본다.

펄펄 끓는 노을에 싸여
우람한 태양이 핏방울 뚝뚝 떨구며
솟아오른다.

밤새껏 사내처럼 뒤척이던 파도가
태양이 떠오르니
여인의 몸짓으로 살랑살랑 넘어온다.

바닷속 조개들 뭍으로
기어나오고 해국이 별처럼

물 위에 뜨니 갈매기 떼 하늘을 덮는다.

정동진의 아침 풍경을 가슴에
담아 두고파 모래시계 소나무*에
시 한 편 걸어 놓고 돌아선다.

* '모래시계' 영화 촬영 기념 식수 소나무

2015. 10. 20.

피리 부는 십리대숲

태화강변 모래밭에
스무질 높이의 대숲이 십 리 빼곡히
하중도처럼 솟아 있다.

개미가 삼[麻]밭에 들어가 헤매듯
대밭의 미로를 방황하는 무지렁이
하늘을 쳐다보니
까마귀 떼가 대나무 우듬지를
장막처럼 덮고 있다.

까마귀 그림자 아래 고요 속
아버지의 퉁소 소리가 들려 온다.

세상이 역겨워 속 비우고
채우지 않아도
바람은 끝없이 시비를 건다.

맑은 물에 물고기 없듯이
옹이 하나 없이 매끈한
몸매 탓에 벌나비 찾지 않아도
외로움 타지 않고
고고한 피리를 불고 있다.

허기의 설움

잘 산다며 헤프게 퍼내는
허술한 곳간
보릿고개 까맣구나.

어머니 눈시울 적신
자식 입에 조당수
그마저 바닥이 나
물배 채우던 설움 딛고

잘살아 보세!
잘살아 보세!!

불세출 박정희 대통령
구국영웅 지휘 아래
밤낮 없는 망치 소리
한강 기적 이뤘건만

외환위기 겪고서도
징비 정신 외면할까?
열흘만 굶어보라
허기의 설움이 어떠한지?

피땀으로 이룬 잘사는 나라
우리 함께 지키고
가꾸지 않으면
모래성처럼 허물어진다.

무인주막

청화산* 줄기 끝 한적한 도롯가에
질독으로 쌓은 높다란 담장
'무인주막' 팻말이 눈길을 당긴다.

참나무 장작이 담장 안을 에워싼 마당
숯불 직화구이 침이 돈다.
목탄 난로 위에 고구마 굽는 향수는
덤이라고 소문은 발이 길어
오늘도 콩나물시루다.

냉장고에 삼겹살과
별의 별 먹거리 푸짐하고
소주 막걸리도 넉넉하다.

외양간 암소는 눈만 껌벅일 뿐
주인은 그림자도 비치지 않고
식객이 즐긴 대가는 스스로 셈하여

한 길 깊은 양심독에 던져넣고 간다.

어느 날 우연히 만난 주인께 물었다.
질독에 든 지폐를 훔쳐가면 어쩌노?
대답은
버림받은 기막힌 눈물이겠지요!

기막힌 삶의 질곡을 헤쳐나온
무인주막의 숨은 보시
군자의 사연은 오리무중이다.

* 구미와 군위 소보 접경에 있는 산

두류공원 찬가

팔공산 정기 서리고 비슬산 온기 스미는
푸른 기운 감도는 달구벌의 노른자위
금봉산 둘레길 대구의 심장 두류공원
백 세의 젊음이 출렁인다 붉은 피가 돈다.

은하수 절벽 위에 둥근 달이 뜨면
애국 시를 읊조려 겨레의 서정이 흐르고
향기꽃 초록 물결 쪽빛 하늘 아래 향연
백 세의 젊음이 출렁인다 붉은 피가 돈다.

삼백만의 자존심 달구벌 타워 위에
밤마다 별들이 내려와 초롱불 내걸고
두류공원 실개천에 향수鄕愁가 흐른다.
백 세의 젊음이 출렁인다 붉은 피가 돈다.

2

河回九曲 제4곡-겸암정(謙庵亭)-부용대

그믐달 여인

시월 막사리 새벽 하늘에
야위어 구부러진 여인이
아찔한 외줄을 타고 아슬아슬
걷는 길이 먹구름에 싸여있다!

그믐달 치맛자락 잡고
알짱거리던 별들은 별똥이 되어
나락에 떨어지고
샛별은 지쳐 간당거리고

소금 뿌린 미꾸라지 들끓는데
무리들은 그믐 하늘에 창을 던진다.

피 묻은 이빨 들추며 떼거지로 달려들면
사자도 쫓겨나는 걸
알고 있는 하이에나 눈알이
풀무간의 쇳물처럼 벌겋다.

한가위 밤하늘을 환하게 밝혀주던
두둥실 달이 불개 이빨에
할퀴고 뜯긴 앙상한 갈비뼈가
새벽 하늘에 버려져
처량하게 사라져 가는 그믐달 여인….

2017. 3. 11.

간이역 분천의 가을

가파른 산이 손에 잡히고
맑은 물이 입술에 젖는다
하늘의 기둥 금강송의 향내가 그윽하고
불타는 잎새 속에
단풍 물든 산새 요란스럽다.

무릉도원을 빌려 놓았는가?
스위스 체르마트 간이역을 떠다 놓았는가?
백두대간 간이역 분천은
협곡 순환 열차의 시발이자 종착역이다.

깊은 산골 외딴집처럼 외롭지만
조물주의 예술 작품으로
무아지경에 몰입된 가을 연인들이
불나비처럼 모여든다.

여보, 저 단풍 좀 봐요!

명품 내 모자는 명함도 못 내겠네!
선생님. 하늘 찌르는 금강송을 보세요!
젊은 가슴에 잉걸불 일으킨다.

어머니 옛집 안마당 같은
간이역 분천의 가을을 포장하여
그리운 그대에게 보내고 싶다.

간절곶* 해맞이

묵은해가 뒤안길로 사라지고
다가올 새 천지 해님을
기다림은 혼례청에 선 것처럼
마음이 흔들린다.

멀리서 가물거리는 별을 보며
유채꽃 고운 미명의 바닷길
비릿한 갯내음 따라
해맞이 명당 간절곶 찾아가는 길
높은 산에 분분한 눈발은 축복의 서설이다.

수평선 아득한 어선의 불빛이
사위어 가고 부릅뜬 등대의 눈이
흐려져 갈 무렵 하늘과 바다가 요동친다.

이윽고 우람한 해님이 붉은 노을 휘장을
두르고 불쑥 하늘로 솟아오르니

간절곶은 온통 와! 와! 감탄이 터지고
두 손 모으고 연거푸 절을 한다.
간절곶 간절한 소원을 빈다.

* 울산 울주군 서생면 대송리 해맞이 명소

갯바위

조각구름 하나 없는
하늘 같은 바다에 누워
깃털 같은 물결에
배냇냄새 은은히 묻어오는
애기 파도 안고 싶다.

높새 바람이 불어오는
변화무쌍한 파도가 색광증 포옹을 하면
비명을 지를 때가 있다.

멀리 수평선으로 물러난
까치놀이 사그라지면
갯지렁이 냄새 맡은 볼락이 몰려오고
미끼 망태는 갯바위
배꼽 위에 올라탄다.

광적인 밤의 꾼들은

낚싯줄이 요동칠 때까지
씨줄과 날줄을 조이는데
갯바위는 오늘 밤도
대가 없이 허락하는 덕을 쌓는다.

겨울 들녘

푸짐한 속살 걷어가고
참새도 떠나버린 빈자리
한눈파는 햇살마저 비스듬히 멀어져 간
시래기 국물 같은 겨울 들판

고즈넉이 앉아 있는
산 무릎 어루어 베고
포근히 깊은 잠에 들고 싶지만
시린 계절 이겨 내려니
한가로운 여유가 없다.

빈자리가 채워지는 푸른 꿈을 꾸며
가슴을 파고드는 씨앗을 보듬는
어머니 품속 같은 겨울 들녘

눈이 따스하게 덮이면
겨울들판은 생명에게 속삭인다.

아직 응달이야
겨울은 꿈꾸는 계절이란다.

한숨 자고 나야 입춘이데이….

고향의 6월

붉은 꽃치장 마다하고
망초꽃 흰 깃발 지천으로 나부끼는
산기슭 싱그러운 잎새 품에
산딸기 빨간 젖꼭지
보일 듯 말 듯 감추고 있다.

유월 초록비에
어머니 굽은 허리 같은
고추 모종이 일어서고
밭이랑에 꽂아놓은 고구마 순이
하얀 종아리 내려 뻗는다.

으스름히 저물어 가는 들녘
모심기 새물 가둔 천둥지기 논에
엉머구리 떼가 콩죽 끓는 듯 요란하면
농기계 손보는 아재비는
뜬눈으로 또 하루를 쪼갠다.

구사일생

얕은 웅덩이 바닥이 드러나는
가뭄에 미꾸라지 한 마리
진흙 땅굴을 파고 있다.

하늘이 찢어지는 듯
천둥 광란에 놀란 망둥이 따라
뛰어오르다 메기 소굴에
떨어진 미꾸라지

죽음과 맞닥뜨리면 초능력이 생기고
바늘 구멍으로 탈출하는
지혜가 솟는다더니

가마솥 아궁이 같은
메기의 아가리에 놀라
오징어 먹물 품어내듯 흙탕물 휘저어
구사일생으로 살아난다.

그믐달

들건이 참새꽁지 불붙은
시월 상달 새벽 하늘에
절세미인의 입술을 탁본한
손수건이 떠 있다.

맴도는 터주 샛별이
군침 흘리지만
접근 금지선을 넘을 수 없어
잉걸불 열정 홀로 외롭다.

탁본한 입술을 내 가슴에 달아주며
눈 맞춤한 그녀가
월계관 꿈을 품고
아득한 부활의 바다에
조용히 쪽배 띄운 저 결기決起!

그리움

1

햇살이 내리쬐는 양지뜸에 홀로 앉아
강물에 어른대는 임의 얼굴 바라본다.
별들이 졸고 있는 한밤중에 잠이 깨도
그대가 웃음짓는 얼굴이 보고 싶다.
아아! 그리워라 아아! 그리워라

2

흰눈이 봄꽃처럼 떨어져서 쌓이는데
새들도 짝을 만나 숲속으로 찾아든다.
바람이 소매품을 파고드는 해 질 녘에
그대가 불러주는 노래를 듣고싶다.
아아! 그리워라 아아! 그리워라

2016.

까맣다

바다가 까맣다.
하늘도 까맣다.

팽목항 앞바다
천길 물속에서 울부짖는 소리가
물기둥이 되어
하늘을 찌른다.

눈물에 젖은 달빛이
분향소에 머리를 풀고
자욱한 향내음에
문둥이보다 더 서럽다.

국화꽃은 바닷속 눈초리
똑바로 볼 수 없어 고개 떨구고
헛개비처럼 우두커니 서 있다.

겨레가 운다
하늘도 땅도 까맣게 운다.

* 2014. 4. 16. 세월호 여객선이 인천에서 제주로 항해 중 진도 팽목 바다에 침몰하여 단원고 학생 400여 명이 희생되다.

깍쟁이

팔방을 둘러봐도 하늘만 빠끔한
두메 마을에 류, 이, 홍씨
여남은 집이 의좋게 살았다.

무슨 인연일까?
진달래가 붉은 젖가슴 풀어헤칠 무렵
황금개띠 두 쌍이
쌍둥이처럼 태어났다.

어릴 적 동두깨비 놀이로
죽이 맞았는데
남녀칠세 부동석이란 할아버지 호령에
내외하던 세월이 덧없이 흘러갔다.

훗날 흰머리 친구를 만났더니
수줍던 모습은 간곳없고
넋두리가 먼저다.

내 칠*을 뺏어 간 깍쟁이! 매정한 깍쟁이!

"아들딸 한 죽이랑 미수의 복은
빼앗지 않았다"고 농치니
호호 웃으며 "그런가" 한다.

고향 수다 떨던 친구 다 어디 가고
쌍둥이 같은 동무가 석양 노을에 젖네!

* 태어나서 7일이 되는 날

착한 배려

초등학생 손자가
반장 선거에서
떨어졌다고 서운한 표정이다.

당선된 아이는
반에서 인기도 없는데
선거 연설에서
공부 시간을 반으로 줄이고
매일 초콜릿을 주겠다는
약속을 했단다.

그뿐만 아니라 선거 전날
그 애 엄마가
초콜릿을 몰래 돌렸다고도 한다.

이 말을 들은 어미가
그냥 두지 않겠다고 벼르니

손자가 고민에 빠졌다.

만약 그 사실이 전교에 퍼지면
그 친구는 어떻게 되느냐고?
친구를 배려하는 마음이 착하다.

끊어진 간동다리*

아! 그날 6.25!
공산주의 무리가 불질하는 광란에
강산이 잿덤에 덮이고
한강대교, 왜관철교 무너졌지만
밀물처럼 낙동강을 넘어선 인민군.

대구의 보루 팔공산 자락에
붉은 진을 치고
가산 방어선을 공격하는 북녘의 꽃봉오리
뉘를 위하여 낙엽처럼 떨어져
두엄처럼 쌓였는가?
생선 썩는 냄새 하늘 코를 찔러
구름이 눈물 뿌리고 바람이 통곡하였다.

천둥소리 폭탄이 발등에 떨어지는 듯
불을 뿜는 지척에서 잠 못 이루는 벽촌에
따발총이 들이닥쳐 산속에 숨은 소[牛]를

다부동 전투지로 끌고 간다.

돌망태 매단 걸음으로 칠흑의
간동다리 건널 때 앞선 누렁이 획 돌아서는
낭떠러지 아래 붉은 강물은 저승 문턱
놀란 가슴에 빼앗긴 울분 겹쳐
이승을 떠나신 할아버지

전쟁의 아픔이 지워지지 않은
끊어진 간동다리….

* 구안도로(대구-안동) 중간 군위 효령면 위천 구 다리

낮졸음

- 봄

입춘이 내려앉은
매화 가지에
발그레한 꽃망울
봄이 트는
툇마루에 햇살 물고 와
할딱이는 아기 고양이 눈에
낮졸음이 포근하다.

족제비 꼬리같이
보드라운 어미 고양이
가슴에 간지럼 태우는
햇볕이 아늑해
낮졸음이 쏟아지는 오후
봄이 타는 꽃가루
노랑 연기 피어 오른다.

낮졸음

- 여름

논두렁에 삼복이
내려앉으니
올벼 마디 세는 뜸부기
논고둥이 줄행랑친다.

삼베 땀 절인 적삼에
한 줄기 바람이
옹달샘 찬물처럼 시원하다.

보리밥 탁배기 한사발에
행복한 아재비
낮졸음 봇물 터져
느티나무 늙은 그늘에 도롱이* 편다.

* 보릿짚으로 만든 우장

낮졸음

- 가을

단애청벽 심연 바닥에
붉은 박쥐 매달린 무거운
혈산이 거꾸로 박혀 있다.

건달 바람이 휘파람 불자
입술 빨간 잎사귀들이
물위로 가출하네.

속살 드러낸 용궁의 비밀
가을 사내가 군침 흘리며
채우지 못한 사내 욕망
낮졸음 꿈속에서
들낚시 찌가 요동친다.

단풍의 임종

앞뜸 둔덕에
감나무 한 그루
한여름 햇볕을 막아주는
잎이 보시를 한다.

감꽃이 떨어지면
감잎처럼 파아란 열매 맺어
땡감이 홍시로 익을 무렵

푸른 잎새가
가을 햇살에 영롱한 수를 놓고

청녀의 여신 앞에
손을 놓는
아름다운 단풍의 임종
조용히 뿌리로 돌아간다.

노산 언덕의 시인

- 삼천포 박재삼문학관 기행

남도의 붉은 철쭉 시향을 피워 올려
초록 물이 떨어지는 사월의
눈맛 산듯한 삼천포 노산 언덕
봄을 태우는 꽃향기 시향기
문인의 향기 그윽하네.

시인의 모습이 목화송이 닮았는데
뼈를 깎는 시구 찾아
하얀 밤 뒤척이며 취하고 내뿜으며
건져낸 주옥같은 시
'울음이 타는 가을강'을 읽는다.

빙그레 바라보는 연배시인
환갑에 던져버린 문필이 아까워서
이제사 손잡아 보니 얼음같이 차구나.

옥상 전망대에 오르니 하늘엔 시가 뜨고

바다엔 풍경화 두 폭이 뜨는
명당을 차지한 행운이
시와 함께 큰 유산을 남겼습니다.

아직도 신발 바꿔 신고 술값 덮어쓰나요?

2019. 4. 20.
삼천포 박재삼문학관 기행

노인의 날 독백

'소문난 잔치에 먹을 것 없다'는 옛말
10월 2일은 '노인의 날'로 97년에 지정된 것을
아는 이는 드물다.
20여 년 지난 올해 첫 기념행사장에 나가니
상노인의 자리는 없다.
햇노인들이 빈자리에 가방 따위를 놓아
임자 있다 하고
앞쪽의 빈자리는 ○ 의원님, ○ 회장님
지정석이라 앉아서는 안 된다 하고….
별수 없이 밖으로 밀려나면서
이것은 아니다 싶다.
노인의 날 기념행사에 젊은이와 벼슬아치
그들만의 잔칫날인가?
밖으로 밀려난 어느 상노인이
서운한 기색으로 돌아서는 모습을 보니
허탈감이 밀려온다.
4층에 무슨 이벤트가 있다기에 걸어서 올라가니

도장 찍은 표 없다고
퇴짜 맞고 빨간 밥차가 점심을 준다는 그곳은
더더욱 북새통이다.
젊은 노인들이 줄 선 꽁무니에 붙어 서니
'할아버지 식권 받았어요?' 한다.
'식권을 어디서 주나?'고 물으니
다 떨어지고 없을 거란다.
어찌하는 수 없어 집으로 가려는데
설상가상으로 태풍 '미탁'이 소나기를 퍼붓는다.
빗속을 걸으며 중얼거린다.
노약자는 검은 무리 속에서 밀려남이 당연하거늘
주책바가지라고 자책하는 노인의 날….

2019. 10. 2.

농월정弄月亭

늦가을 붉은 잎새
여울물에 지고

구름 속 낮달이 까맣게 잊은
4백 년 누마루의 무늬가 지워진
농월정의 이야기….

신선이 노닐던 맑은 물가
너럭바위에 풍류 선비
지족당*이 날아갈 듯 세운 정자
우아한 선비 음풍농월 취했네.

초승달 솜털 벗은 상현의 여색
요염한 자태 안길 듯
술잔에 떠오르니 풍월객
희롱하고파 갓끈 풀고 헛기침.

달빛 줄기 안의계곡에 쏟아져
시심 범근 선비의 간장을 녹이니
농월정 시 읊는 소리는
둥근달을 녹였네.

* 경남 함양군 안의계곡에 농월정을 세운
관찰사 박명부의 호

느티나무

고향 마당귀에 느티나무 한 그루
정성껏 심어놓고
유래숭친당 준공 및 청라고희라 새긴
작은 빗돌 세운 지 16년이 흘렀네.

때마다 물 주고 칡덩굴 걷어줬더니
부챗살처럼 뻗어오른
가지숲에 시詩의 혀로
향수를 합창하는 참대들
동심을 깨워준다.

한여름 햇볕 가리운
우듬지 잎사귀 그늘에
매미가 자장가를 부르면
귀향의 오수가 꿈속 향연이다.

일월과 땅의 힘을 받아

이 고을 꽉 채운 수호 성목 이루어
천년 후에 후예들 찾아오면
가지 손 흔들어 주는
염원을 느티나무 품안에 새겨 넣는다.

2019(己亥)년 태음 3월 8일

달의 일생

배시시 하늘문 열고 생글방글
배냇짓이 귀여운 초승 애기달,

석양노을 사다리 놓아
자세히
더 오래 손녀처럼 보고 싶다.
봄날의 망울이
꽃송이로 피어나듯
초승 애기가 상현의 처녀가 되었다.

어느 날 우연히 도령님 글 읽는
서당을 엿보다가 인연이 되어
계수나무 가마 타고
중천에 뜬 보름댁 맏며느리 되었네.

앞산만 한 아랫배
대낮처럼 화안할 때

시어미 비는 손이 뜨겁다.

몸 풀고 한칠 지나 산후조리 부실해
살 빠진 하현은
반쪽의 할미꽃이 되었다.

어느덧 그믐이 되어
아침꽃보다 더 예쁜 초승달이
하얀 머리칼 한 올 허공에 걸어놓고
하늘가로 쓸쓸히 떠나가는 당신의 일생….

3

河回九曲
제5곡-만송(晩松)-하회마을과 부용대 사이 낙동경변 송림

마비정과 남근바위

비슬산 줄기 삼필봉 아래
이끼 덮인 전설의 마비정 마을
웅그린 오지의 풍경이 예스럽다.

황금 마패 깜냥의 준마가
앞산에서 뒷산까지 나는 듯 뛰었지만
화살보다 늦었다고
처형당한 슬픈 전설의 마비정.

무지막지한 장군의 칼날에
희생당한 부루말 무덤가에 곡비처럼
울고 있는 접동새 목이 메고
천년을 지키는 두견화
눈물방울 달고 있다.

마비정 우물가에 벌거숭이 남근바위
아낙네 지문 닳구며
문질러 소원 비네.

봄날의 오후 교실

산에는 들에는
아지랑이
가지 끝엔
파아란 바람이 춤춘다.

하얀 강물엔
햇살이 반짝,

창가에 노오란 내음새
아이들은 새처럼
꿈 나래 편다.

*1951년 포연의 냄새 가시지 않았는데 두 동강 난 군위
중학교 뜰에 봄은 왔다. 2학년에.

몹쓸 코로나19

강풍에 산불 건너뛰듯 지구촌을 덮치는
투명 코로나바이러스 탓에 얼음판에 나자빠진
황소 눈알 같은 미증유의 두려움
꿈에도 짐작 못 한 날벼락에
만물의 영장 자존심이 추풍낙엽이다.

꽃 지고 여름 가고 낙엽이 밟혀도
하염없이 천장만 쳐다보는 나날의 세월
애꿎은 TV를 탓하며 이불 속을
파고들어 낮졸음 코를 골고
불면의 회색밤이 꾸물대는 새벽 무렵
운동장에 나가니 출입문 자물통이 커다랗다.

거리마다 얼룩천이 조기처럼 걸려있고
"입 막고, 손 씻기, 두문불출, 담쌓기."
방역 현수막이 저승사자 휘장으로 보인다.

머리에서 발끝까지 덧싸맨 숨 쉬는 미라
저만큼 오던 친구 손 한 번 까딱일 뿐
문둥이 만난 듯 황급히 돌아선다.

코로나19가 번식하는 빌미는
자연을 더럽히며 홀로 욕심 부리는
분열균의 확산 탓이다.

2020년 새봄에

보리밥

해 질 녘 박꽃이 하얗게 웃으면
초가 굴뚝에 구수한
연기 피어오르니
시골 보리밥상 그리워진다.

얼음 위에 뿌리내린 파란 잎새
엄동설한에 꿋꿋이
우주의 영기 받아
계절을 넘기고 해를 넘기고
봄까지 저물어 간다고 종달새 안달에
누렇게 약이 오른 갈보리쌀,

대보름 찰밥 짓듯 솔가리 불에
느긋이 뜸 들일 때
솥뚜껑 밀고 게침 흘리는 양陽의 기질
어머니 텃밭이 고스란히 담긴
뚝배기 된장 음의 성질,

찰떡궁합이 웰빙식이라며
궁둥이 부딪치는 할매 보리밥집,

100리 길 힘차게 달리는
약보리밥의 특수 에너지
배달의 지혜 우주촌이 부러워한다.

봄비

칡뿌리보다 질긴
엄동 끝자락에
꽃샘추위가 독사 이빨 같아
햇늙은이 야윈 영혼이
까맣게 추락한다.

간밤에 초록 물든 봄비가
흥건히 대지를 적시니
붓끝처럼 가녀린
꽃눈이 움직이는 위대한 존재가
보약처럼 기를 돋운다.

철 이른 봄비를
기억하는 계절의 선구자
홍매화 백목련의 함박웃음이
그리운 연인마냥
설렘이 스쳐간다.

봄소식

입춘을 마중 나온
바람이 손짓하자,

눈속에서 벌떡 양지뜸에 앉은 할미꽃.

꿈결에
할머니 본 듯
뭉클한 봄의 숨결,

햇살 입김 닿지 않아
떨고 있는 여린 가지,

젖꼭지 문 애기처럼 조이고 늦추면

머잖아
눈 깊은 여인
청매향에 녹는 밤….

비 내리는 오후

산이 녹아 강이 넘치고
하늘은 바다에 빠져
어둠 속으로 가라앉는다.

대지는 바람을 먹은 채
안개비에 젖어 있고
불개는 시간을 마구 삼킨다.

아,
그리움이여!
똬리 튼 기다림은 미련일 뿐
빈 수레로 천 리를 구른들
그리움이 사라질까,

훨훨 타오르는 불꽃은
분에 없는 것
반딧불의 따스함이라도

이 빙산의 언덕엔
봄날의 햇살인 것을….

뿌리 내린 수성을 돌아보며

공산비슬 병풍 두른 분지
달구벌이 요새의 묘한 명당 터전인가?
6.25 참상에도 끄떡없는
고색이 살아있는 동문 밖 통나무다리*
동신교 건너면 전원이 펼쳐진다.

소낙비 타고 허공에 점프하는
미꾸라지 떨어진 논바닥을 차지한 우리 집
뿌리내린 동구 신천동 3구(현 수성구 신천동로)
아들 4형제 꿈을 키운 본적지다.

마당의 우물과 나막신이 필수인 보금자리
울타리 너머로 개떡 나누던
이웃사촌 두터운 정이 못내 그립네.

앞뜸에 한국나이롱공장(코오롱)
뒷뜸에 중앙상고(중앙고등)
범어산 중턱의 흙담초가에 닭똥 냄새 계면쩍은
닭들이 새벽을 머리 숙여 고한다.

산등성에 들어선 경신상고(경신고)
진흙탕 등굣길에 시답잖은 성적표 안타까워
가슴앓이 깊은 선생님들
옹골찬 각오와 피땀으로 만들어낸 일류 학교
강남이 부럽잖은 수성발전 선구자다.

황천동(황금동) 가을 들면 참새 쫓는
할매 목소리 붉은 노을에 잠기고
신천강변 자갈밭 빨래 삶는 가마솥 펄펄 끓어
하얀 피륙 나부끼는 장관
수성의 전원풍경이 아련히 떠오른다.

세월 바뀐 상전벽해 상서로운 동남벌에
죽순처럼 솟아오르는 마천루 맨션
삶의 긍지 드높은 수성 사람들
자랑스런 문화 꽃피운 저력이 빛난다.

* 옛 동신교는 통나무다리였다.

4월의 새벽눈

메마른 겨울이 민망해
흰 구름이 새벽눈을 뿌린다.

함박눈에 향수가 짙어
사슴 눈빛으로 금봉산을 오른다.

태곳적 백설이 쌓이는 오르막길에
처녀 발자국 깊이 남기니
설렘의 마음이 신선 같다.

잎이 그리운 비목 나무에도
눈꽃이 피고 휘우듬한 노송 가지에
4월의 눈이 켜켜히 쌓이는데
장끼 까투리 푸드득
봄 바람에 벚꽃처럼 눈꽃이 흩어진다.

하얗게 덮인 꼭두머리에

구름이 내려앉아 자부룩한 시야에
강 건너 먼 불빛 우련히 가물가물
새벽눈은 아득히 내리고….

산새

와룡산 이우는
반달 아래
구천을 해매는
개구리 소년 넋이 빠알갛게
물든 잎사귀에 묻힐 때,

눈물 글썽한
산새 한 마리
희뿌연 창공을 드비*
날아오른다.

* '뒤집어'의 경상도 의성 지역의 방언

소망

내가 땅을 고르고
반석을 놓으니
그 위에 하늘가는
구름 솟는 기둥 세워
집을 지으면
저 위의 소망까지
이루어 드림이니라!

산이 좋아

이슬이 녹아있는 산기슭에
그대의 체취가
꽃향기처럼 가슴을 녹인다.

오르는 비탈길이 힘들지만
새들이 부르는 소리
귀가 즐거워 발길이 가볍다.

뜨거운 볕살을 막아 주는
솔잎은 임의 머릿결
바람에 나부껴 향긋한 내음이
코끝에 맴돈다.

돌바위 틈새에서 솟아오르는
맑은 물에 두 손 담그면
먹구름이 안개처럼 사라진다.

산이 좋아 산에 사는 다람쥐는
하루를 깨알처럼 쪼개가며
부지런을 쌓아 놓고
분분한 눈발을 기다린다.

살았을 때 잘하지

8.15 광복되기 전 어느 날
회색안개 깔린 두메골 양지뜸에
칡뿌리처럼 뻗은 호래아들
오 형제 애비 가슴에 불지르더니,

죽어서 탈상을 앞두고
코뚜레도 하지 않은 송아지를
밀치기*하려고 산속으로
끌고 가 서툰 솜씨 휘두른다.

두 눈 사이 이마빡에 번갯불이 튕긴 송아지
선불 맞은 산노루처럼
길길이 뛰며 이까리* 끊고
숲속으로 줄행랑치니
밀치기 실패한 형제들 말문이 막혀
뒤쫓아 헤매지만 오리무중이다.

이튿날 배곯은 늑대들이
개오지 눈치 보며 밤새도록 울부짖던 그 곳이
이럴 수가?
하얀 뼛조각 흩어놓고 사라진 송아지!

애비 탈상 때 송아지 잡아 육회로
목 때 벗기려던 호래자식들 속셈이 물 건너가자
분통이 치민 곡소리에 문상객 한마디씩

살았을 때 잘하지….

* 해방 전에 밀도살의 은어
* 소를 모는 끈

살아있는 신천

- 수달 이야기

빌딩숲 속 흐르는 신천에
되우새 날아 앉아
물밑 생물의 영혼에 생기를
불어넣는다.

가창골 참샘물이 신천을 이루어
금호강 가는 길에
하중도 쉼터에서 물고기
아가미 헹궈주고,

햇살 부신 대낮에
지문 없는 아지매 손 같은
앙증맞은 손발로
신천강 물살 가르며 찾아온 수달
5대 독자 신혼의 한 쌍에게
알밤 한 움큼 던져 주리라.

올가을 상달에 양띠
아기 수달 안고 와 백일잔치 벌이자
달구벌 신천에서….

새벽 시장

대구 달성공원 앞 이른 새벽에
장이 서고 해 뜰 무렵 파장하는
새벽시장이 장마당처럼 붐빈다.

늦겨울 여명이 쌀쌀한 어느 날
시골 할매가 오월보다 더 푸른
봄동을 챙겨서 첫차로 왔건만
난전엔 빈자리가 없어
구석에 포대기 깔고
'한피기 이처넌'이라 써 놓았다.

쇼핑수레 끌고 온 맘 좋은 아주머니
봄동 할매 손이 얼었다고
안쓰러워하며
남은 봄동 떨이하자
봄동 할매 언 몸이 눈처럼 녹았다고….

과일 좌판 앞에 멈춘 아줌마
아차!
거스름돈 속에 큰돈이 따라와
종종걸음 쳤지만 자리 뜬 봄동 할매
다음 날도 그다음 날도 그 자리엔
새벽 달빛만 서성인다.

선녀의 목소리

강원도 인재 편 전국노래자랑
청산골의 물소리 새소리
단풍잎 날리는 바람소리

작은 우주 깊은 곳에서
구슬이 굴러 나오는가 싶더니
돌돌 말아 절벽에 떨어지는 폭포소리
살갗이 파르르 떠는 가창력!

강원도아리랑, 정선아리랑
아름다운 목소리에
손바닥 소리는 우레 같다.

얼굴이 도토리 깍지에 쌓인 듯
깜찍스럽고 머리칼은
어깨를 덮고 입술은 복사꽃
가지런한 잇바디 매력 덩어리,

신바람이 넘쳐흐르는
트로트 공주 열창에
매료된 시청객의 정신을 쏙 빼놓는
매혹적인 선녀 목소리
새벽닭이 울 때까지 귓전에 맴돈다.

강원도 ○○초등 5학년 여학생 노래를 듣고

2020.

섣달

신선 같은 태산의 백발
늘어진 고드름 수염이
으스스하다.

풍지를 파고드는
삭풍의 피리 소리에
귓전이 얼음같이 차갑다.

계수나무 끝자락
세월 행차에 헐벗은
초목이 온몸으로 떤다.

양지쪽 늙으신네
쭉정이 담소는
혀끝에 맴돌다 삭아지고,

석양이 주름살을 비켜가니
썰물의 마음이 하염없이
붉은 노을에 잠기네.

소나기

박꽃이 하얀 그리움을
자아내는 저녁 무렵
순식간에
먹구름이 초승달을 감싸더니
번개의 칼날이
허공을 찌른다.

광란의 천둥이 산山뿌리를
들썩일 때
마당가 바가지가
나룻배처럼 떠다닌다.

한바탕 진땀 흘린 소나기
질퍽하게 쏟아놓은 웅덩이
고향 냄새 물씬하다.

두메 각시 젖줄 물려
천수답 포기벼를 살찌우니
바람 불지 않아도 사춘기 꼬리 흔든다.

세계유산 병산서원

너덜샘 태백뿌리
정기 품은 낙동강
풍산넓들 젖 물리고 병산 앞에 머무르니
푸른솔 배롱꽃 도원경을 이루고,

나래 편 학의 모습
우아한 병산서원
임진난을 극복하고 혈루로 먹을 갈아
징비록을 지으신 서애* 류 선생
꽃방석을 깔았다.

휴식 공간 만대루
모양 다른 서른여섯 기둥
건축예술이 청자처럼 빛난다.

천혜의 향기로운 맑은 자리
정신유산 뿌리 반천 년 뻗어와서

세계문화의 노른자로
붉은 꽃을 피웠네.

* 임진난 때 영의정을 지낸 류성룡柳成龍 선생의 호

소똥구리

고요한 비알길 워낭소리에
메뚜기 종아리 꺾는 아침
송아지 찾는 어미소 울음소리
명치 끝이 아린다.

새끼가 찾아올세라 뚝뚝 떨구는
배설물이 채 굳기도 전에
까마귀처럼 날아든 소똥구리
새알을 비비더니
경단을 빚어 물구나무선
뒷발로 밀고 간다.

낭패 없는 성공이 쉬우랴
언덕 아래로 곤두박질쳐도
악착같이 껴안고 온몸 태우며
둥지 속으로 밀고 간다.

허리 굽은 늙으신네
소똥보다 헐값인 폐지를
수레에 가득 싣고 소똥구리처럼
밀고 가다가 힘에 부치니
손수레가 늙은이를 끌고 간다.

연민의 눈으로 쳐다보는 소똥구리….

신한국 운동 찬가

-밝은 세상 가꾸어 나가자

작　　사 류우복
작　　곡 윤상열
음악지도 윤이나 성악박사
바 리 톤 박정우
베 이 스 이동욱

동해의 파도소리 새아침을 여는 소리
금강산 맑은 정기 정의로운 길을 튼다
삼천리 옥토 위에 지혜로운 우리 겨레
빛나는 신한국이 웃음꽃을 피운다.

아침에 뜨는 해는 새싹들의 희망의 꿈
저녁에 둥근달은 기적 이룬 땀의 보람
전통을 이어받아 드높이자 정신문화
빛나는 신한국이 웃음꽃을 피운다.

하늘에 반짝이는 별무리는 우리 눈빛
가리운 먹구름을 모두 함께 걷어내어
세계에 앞서가는 일류나라 만드세

빛나는 신한국이 웃음꽃을 피운다.

2020.

사단법인 신한국운동 추진본부 제6호에 실림

* 윤상열-국립군산대학교 예술대학 명예교수, 작곡가
한국작곡가협회 회장 역임

실버 복지관

달구벌 해넘이 안땅골
누리터에
실버 복지관 깃발이 펄럭인다.

거슬러 학동이 된 어르신네
닫힌 빗장 풀고
자유 공간에서 배우고 즐기며
평등의 성 인권 깨우쳐
눈뜨니 핑크빛 꽃바람이 불어온다.

맑은 입성 매무새 천사의
정성 깃든 끼니 때가 다가오면
보릿고개 시절
들판에 이고 나온 어머니 밥상처럼
기다려진다.

한 톨의 밥알이 소중하여

식판 긁는 소리
백세의 길이 트이는 울림이다.

행복의 연주곡이다.

4

河回九曲 제6곡-옥연(玉淵)정사-징비록 탄생지

애완견

너의 조상은
개라고 부르는 것이 억울해
품에 안겨 사랑받는
후손을 만들기에 모진 아픔으로
속울음인들 오죽했으랴?

너는 작명소에서
이름을 받아 족보에 올린
귀한 족속이구나.

배신을 일삼는 인간은
개라고 불러도 너는 개라고
부를 수 없겠구나.

설날 애기처럼 안고 온 애완견이
집안 가득 한 가족의
사랑을 독차지한다.

낯선 사람 옆에서는
신행 온 새색시처럼 얌전히 앉아 있다가
칭찬 한마디에 귀를 세우고
손을 내밀자 꼬리 흔들며
앞발을 내민다.

정녕 너는 개가 아니라
사랑받는 정의 반려자
애교의 모습도 예쁘구나!

2017년 설

어느 날 오후

불가뭄 뙤약볕이
논바닥에 손금 그어 대고
참나리 꽃대가 축 처진 어느 날 오후,

머슴아 굵은 오줌발처럼
흙이 폭폭 패이던 소나기
어느새 뚝 그친다.

후더운 여름이 흐르는 고향 집 마당에
시골 아재비 손가락만 한
미꾸라지 몇 마리 길길이 뛰고 있다.

무논 귀 작은 웅덩이에서
삼[麻]대 같은 빗줄기 타고
넓은 세상 찾아
오르려다 떨어진 저 낭패,

보시의 마음이 우러나
노을빛에 고이 담아 배냇물에
띄우니 꼬리 흔들며
스며들 때 하늘의
무지개가 웅덩이에 뿌리 내린다.

2018.

어느 전시장에서

들국화 향기 짙을 무렵
묵○회가
시화 전시회를 열었다.

뭇 거장의 걸작품이
숨 쉬는 듯 생기롭고,

사군자의 으뜸
매화꽃을 화폭에 담아낸
그림 한 폭
나비 한 쌍이 날아들듯,

관람객이 둘러서서
조예 깊은 솜씨라고
찬사를 보내는데….

팔오 성상 외길 열망으로

꽃피운 노련한 여류 화백
우아한 모습이
백합 꽃으로 피어나네!

어버이날의 눈물

세월이 밟고 간 시린 가슴
나방이 뚫고 나간 빈껍데기
바람이 시나브로 드나들고
아쉬운 사연만 낙엽처럼 쌓인다.

혈육이 달아주는 꽃송이는
자손들 둥지로 가는 길 앞서가고
휑한 방 안에 야위어 무거운 육신이
고통을 질러 대지만
어버이날의 귀는 절벽이다.

먼 길 떠나는 대기실에 머문 영혼들
그제나 이제나 혈육이 찾아올세라
흐린 기억 더듬어 찢어진 부챗살 손등으로
눈물흔적 가리고 넘어가는 석양을
바라보는 요양원의 눈들은
우물처럼 깊어만 간다.

어버이날은 청개구리 우는 날….

2018. 5.

위대한 씨앗

작은 씨앗 하나
바람의 등을 타고

대지를
한 바퀴 휘익 돌아

단단한
바위틈에 박혀

입눈을 내더니
꽃잎을 밀어내고

드디어
열매를 맺어
반짝이는 결실을

들마당에
내어놓는다.

엄마의 기일

차창에 어린 두 눈이
물안개 작은 호수
밤새운 가랑비에 뜨겁게
넘치는데
철없는 물새 한 마리
소리 없이 웁니다.

세월 속에 빛바랜 무명베 낡은 교복
분홍빛 모성애가 올올이
맺혀 있는데
찢어진 우산 속 빗물에
옷소매가 젖는다.

산촌에 이지러진 달빛이
스산하게 지는데
두견새 빨간 사연 절절이 토해내고
고향은 짙은 어둠에

속절없이 잠기네.

* 1954년 음력 5월 23일
경주에서 새벽 기차를 타고 고향에 가다.

외로운 그리움

낯선 땅 먼 불빛 사이로
가을비는 하염없이 내리는데
젖은 단풍잎은 소리 없이
바닥에 눕는다.

구멍 난 우의 속 빗물이
가슴을 흠뻑 적셔
찬바람이 옷깃을 파고든다.

하늘의 달과 별이 구름 속에
숨어버린
어둠 속 어디선가
개 짖는 소리도 아득히 머네….

자생란自生蘭

- 晩翠 사공희 스승님 정년퇴임에 부쳐

숲처럼 큰 자리도
이끼처럼 밑 자리도 아니다.

굴절 없는 소리
태양이 외면하지 않은
맑은 자리에 뿌리 내려,

정기로 뻗은 잎새
겹겹의 고독이 다진 의지로
별이 빛남을 기다려,

여미고
키우고
채워서

신비의 향기 꽃 피웠네!

* 1991년 晩翠 사공희 선생님 정년퇴임 문집에 오른 축시

잔소리 三代

할배의 잔소리는 장죽의 대꼬바리
재떨이가 땅땅 소리 내는 불호령.

밤늦게 한잔하고 사립문을 흔들면
재떨이가 어김없이 소리 낸다.

얼굴에 냉기가 확 돌아
도둑고양이 쥐 잡는 걸음을 한다.

아배의 잔소리는 무언이다.
어렵사리 용돈 청하면 낡은 지갑 다 터신다.

굽은 등짐으로 땔감 내다 판
고생 찌든 돈이다.

아껴 쓰라는 잔소리 왜 없을까?
화가 난다, 마음이 아프다.

나의 잔소리는 망각이다.
식사는 골고루 삼시 세 때 거르지 말고

인스턴트 식품 줄여라
들은 척도 않으니 잔소리 말아야지.

사흘이 못 가서 망각병이 도져
몸을 게을리하지 말고 매일 규칙적으로 걸어라.

스트레스 받는다고 찡그린다.
망각병 고치려고 또 벼른다.

적반하장賊反荷杖

공원 화장실 찾은 어린이 앞에서
어느 중년의 남자가 휴지
걸이에 감긴 휴지를
열발이나 풀어 둘둘 말아 쥔다.

사내를 쳐다보던 아이가
밖으로 뛰어나오며

'엄마! 어떤 아저씨가
휴지 다 풀어 갖고 간다.

그래?
그 아저씨는 온몸이 더러워서
휴지가 많이 필요한가 봐….

그 말 들은 족제비 낯짝 사내 왈
'애새끼 잘 가르친다'고

적반하장….

강아지가 핏대 세워 짖어댄다.

정월 대보름달

대추 밤 어우러진
찰밥이 촛불 켠 상 위에 차려지고
할매 정성 가득한 함지박에
부럼 깨지는 소리가
계수나무 아래 토끼 귀를 세우고,

두멧골 달맞이꾼들
풍장을 챙겨 꼭두 산을 오르는데
아이들도 허겁지겁 따라간다.

낯선 바람 몇 줄기 지나가고
아스라한 노을 속 황금빛이 눈부시니
달 봤다!! 달 봤다!!

나목이 손 흔들고
신들린 풍장은 산천을 울리고
달맞이꾼들 신바람 춤을 춘다.

저편 산봉우리에 달맞이 연기 자욱하고
쌍계천 달집 타는 불꽃이
하늘 찌르는데
대보름달을 어느덧
마을에 내려와 할머니의 치성을
굽어 보고 있네!

조포

달빛숲 아름다운 고향집
마당귀에
대보름 할매 맷돌이
빚은 앙금이 어우러진
호두알같이 얽은 조포 그립구나.

오곡밥에 눈 붉은 청어 조포
찰떡궁합
귀밝이술에 부럼 깨물며
쥐불놀이 더벅머리 겨울땀이
날아갈 듯 시원하다.

지신밟기 걸립패가
에움골목 접어들면
삽짝문 활짝 열고
말술에 조포안주
푸짐한 그날의 풍경이 눈에 선하네.

주상절리

문무대왕 시선이
지평선을 바라보는 푸른 바다
바람이 거칠면 엎드리고
파도가 숨 고르면
부채살 돌기둥을 베고
누워 있는 주상절리….

이천만 년의 세월이
녹아있는 석혈은 한 떨기 해국으로
피운 꽃 오묘하여 창조주
깊은 뜻을 헤아릴수 없네.

양남촌 앞바다에 부슬비가
내린다
물 위에 떠있는 파도 소릿길을
우산 받쳐 걸으며
폈다 오므리는 주상절리 군상을
가슴에 가득 담는다.

창포菖蒲

숫처녀 손톱에
봉선화
꽃이 피는 단옷날,

창포물에 머리 감고
그네 뛰는
그대의 향기
푸른 오월의 꽃으로
피어오르네.

서산에 걸리는
노을이
초록물에 녹을 때
창포향에 몸 씻은
굴뚝새 암컷이
꽁지 쳐들고
덤불 속으로 종종걸음
삽짝문 열었다고
문자 보낸다.

2016. 5.

초승달

어머니 우주 안에서
꼬부린 몸으로 태어나
배냇 눈웃음을 짓고 있네.

어느덧 실눈 뜨고
생글거리는 풋처녀의
눈빛이 우주에 가득하다.

아침 꽃보다 아름다워
엄지손가락 치켜올리자
그 눈빛 다가와 속삭인다.

이 세상에 궤도 이탈 않은
총각 건너올 오작교는 없을까요?

입 닫고 먼 하늘 쳐다보다가
문득 초승 아가씨 찾으니
어느새 서산을 넘고 있는 눈꼬리에
아쉬움이 빨갛게 떨어진다!

피뢰침

눈뜨면 죽순처럼
솟아오른 빌딩 위에
수호 간짓대가 높다랗다.

하늘 땅 소통하는
길이 트이고 뾰족하지만
따뜻한 카페가
삼발 집게손 펼쳐 든 타워에 있다.

날이 새면 새들이 발가락
맞춰보고 구름이 앉았다 가는
천사의 지킴이….

천둥 낙뢰나 민족 반역자는
땅속에 묻어버리는
피뢰침 피뢰침!

하현달

새벽 하늘에
불개가 절반을
베어 먹은 쪽달이
허공에 힘없이 걸려 있다.

화려하던 청춘 어디 가고
살 빠진 늙은이 신세
혼밥 혼잠이 웬 말인가?

동녘 하늘이
훤하게 밝아오자
쓸쓸하게
떠나가는 하현달….

하늘길 열리는 군위

하늘 아래 일번지!

찻길 없는 군위 소보
내의리 웃언실
걸어서 시오 리 문상 온
일류 화장품 사장이
지은 별칭이다.

하늘에는 해와 달
땅에는 물소리 새소리뿐인
산간 벽촌에 신공항이
들어선다니 꿈같은 이야기다.

하늘 아래 일번지가
개벽이 된다면
고향 자취 지워지고
낙동강 오리알 될

처지가 안타깝다.

「삼국유사」 발상지
군위 고을에 하늘길 열리면
팔공산 정기 적라산
생기에 길들여진
토속 생애에 새로운
아침 햇살이
피어오르는 새 천지가
눈앞에 전개되리라!

한강 정구 선생

백문동 꽃눈 뜨는 성주땅
영남의 큰별로 태어난
한강 정구 선생

백매원 꽃 맺어 높은 학문
내림글로 이름 떨친
도학과 낙중학 선구자

무흘구곡 봉비암
무이구곡에 시 띄우니
풍류슬기 취향에 유생들 붙따르고
사림이 회연서원에 모셨네.

사수동 사양정사 들보기둥
우람하고 청잣빛 고운 전당
향기 짙은 오량각 푸른 기와에
이끼꽃이 피었네!

2020. 10.
팔거천 백일장 수상작

허리

금실 좋은 부인이
저자에 갈 때마다 쇠고기 한 근
목소리도 곱더니만….

낭군이 허리 못 쓰자
찌푸린 얼굴에 말이 없고
반찬가게 나가면 콩나물만….

무거운 삶을 진
휘어진 뼈기둥 틈 속으로
야속한 바람이
스며드는 할아버지 굽은 허리….

하늘이 쨍쨍하여도
할머니가 허리를 두드리면
어김없이 비가 내리는
영락없는 허리 측후소….

빈집 속의 빈집

사람의 훈기가 사라진 빈집
칡넝쿨이 안방에 들어와
긴다리 뻗고
붓끝 같은 대나무 순이
구들장을 밀고 올라온다.

삐딱하게 매달린 우편함 속에
텃새가 몸 뜯어 집을 짓고
나팔꽃 모양의 입치레뿐인
빠알간 미물을 품고 있다.

배롱나무 밑둥처럼
아랫배 살갗이 벗겨져 아파도
끝없는 사랑으로 키운
새끼들이 둥지를 떠날 때,

어미는 빈집 속에 빈집을

지키는 부리가
빨갛게 눈시울처럼 젖어 있다.

화본 간이역 추억

부슬비 궂은날 아련한 기적 소리에
풋소년 가슴이 부풀려
산을 넘은 낯선 땅 해 저문 불빛 아래
더듬이는 촉감을 잃었다.

요란한 기차 화통이 육중한 괴물을 끌고
죽령 똬리굴을 탈출해
화본 간이역에서
목 타는 갈증을 풀고 있을 때,

부서진 차창 너머로 풀벌레 날아들고
좌석의 천을 구두닦이로
찢어가고 뼈대 남은 자리마저 없어
선 채로 모기에 뜯기고,

아침에 조당수 후루룩 입 다문 채
오징어 땅콩 비스킷 주절대는

입 쳐다보며
껍데기 주머니만 만지작거렸네.

세월이 일갑년을 삼켜 흰 눈 덮어쓰고
그리움이 묻혀 있는
화본 간이역 찾으니
역사는 아이들 소꿉장난 둥지 같고
오고 간 애환이
서려 있는 추억이 못내 그립다.

기차 화통이 내지르는
기적소리 들을 수 없고
청태꽃을 덮어쓴 급수탑이 텅 비어
쓸쓸한 바람만 들락거리고
오징어 땅콩 아련한 목소리 그립다.

1945 해방 직후 상황

원숙한 깨달음의 세계

- 류우복 시집「가슴벽에 걸어둔 달빛 풍경」에 대하여

여벽당 **심 후 섭** | 교육학박사 • 대구문인협회장

1. 들어가며

류우복 시인은 올해 88세로서 미수米壽를 맞는다. 이에 그동안 써 온 88편의 시詩로 시집을 엮는다. 이 시집에는 그의 88년 삶의 궤적이 고스란히 들어있다.

어린 시절 고향의 이야기에서부터 8.15 광복과 6.25 그리고 4.19 및 5.16 등 격랑을 겪으며 오늘에 이르기까지 그야말로 파란波瀾한 세월을 겪으면서 켜켜이 쌓아 온 삶의 흔적을 오롯이 담아내고 있다. 따라서 그의 시는 기교의 시가 아니라 은근한 메시지 중심의 시가 주류를 이룬다. 그의 시는 치열한 자기 고백이자 증언이며 또한 큰 교훈으로 다가온다.

필자가 이러한 경륜 높은 시인의 시집을 먼저 읽게 된 것은 참으로 영광스러우며 과분한 일이다.

2. 류우복은 누구인가

가. 삶과 문학을 모두 자수성가하였다

그는 1934년 군위군 소보면에서 2남 3녀 중 장남으로 출생하여 그곳에서 어린 시절을 보내고 8.15 광복과 민족 참상의 6.25까지 겪게 된다. 그는 서애西厓 류성룡柳成龍 선생의 12대손으로서 어릴 적부터 시심詩心이 깊었다. 중·고등학교 시절에 이미 학교 문예부장으로 시를 써 왔다.

그러던 중 1954년 고3 때에 경주에서 열린 제1회 서라벌예술제에 참여하여 「엄마의 기일」이라는 시로 우수상을 받게 된다. 그러니 사실상 이때에 이미 등단했다고 할 수도 있다.

전쟁 직후 부모님을 모두 여읜 그는 동생 넷을 돌보아야 하는 소년 가장이 되어 구군분투한다. 그러면서도 영남대학교 경영학부 정치학과에 재학하면서 대구로 이주하고, 채소 행상을 하는 등 여러 경험을 쌓은 뒤에 전자제품을 OEM 방식으로 제조하는 회사를 설립하여 성공하고, 이어서 주식회사 동서물산을 창립하여 대표이사로 취임하는 경제계에서 중견의 자리를 확보한다. 그러면서 한편으로 고향의 진입로 확장사업 지원, 모교 돕기 운동 지원, 명예경찰서장, 일사일산一社一山 운동의 실천 등으로 사회에 헌신한다.

그 뒤 많은 세월이 흘러 외환위기가 닥쳐오자 마침내 사업에서 은퇴하고, 그동안 잊고 지내던 시 쓰기를 다시 시작하게 된다.

그리하여 2014년 《한비문학》으로 새로 등단하였으니 무려 60여 년 만에 다시 시인의 자리로 돌아온 것이다.

약관弱冠에 시를 품었다가 80이 되어서야 비로소 공식적인 등단 절차를 거쳐 다시 시를 시작하게 되었으니 그의 감회는 더욱 깊었을 것이다. 물론 그동안 늘 시를 품고 살기는 했지만 치열한 사회생활이라 오로지 시에 매달릴 수만은 없었던 것이다. 이제 눈도 침침해지고 걸음걸이도 다소 어둔해진 상태에 이르러 다시 시에 매달리게 되었다. 그동안 세월이 많이 흐르고 문학 환경도 많이 바뀌었다. 그럼에도 새로이 등단을 시도한 것은 그만큼 시에 대한 열정이 컸기 때문일 것이다.

그러니 그는 경제적으로나 문학적으로 온전히 자수성가한 것이다. 그는 살아오면서 늘 '뿌리가 깊어야 가지가 무성할 수 있다[根深枝達].'는 선대의 가훈을 가슴에 품고 살아왔다고 술회한다.

> 차창에 어린 두 눈이/ 물안개 작은 호수/ 밤새운 가랑비에 뜨겁게/ 넘치는데/ 철없는 물새 한 마리/ 소리 없이 웁니다.//
> 세월 속에 빛바랜 무명베 낡은 교복/ 분홍빛 모성애가 올올이/ 맺혀 있는데/ 찢어진 우산 속 빗물에/ 옷소매가 젖는다.//

산촌에 이지러진 달빛이/ 스산하게 지는데/ 두견새 빨간 사연 절절이 토해내고/ 고향은 짙은 어둠에/속절없이 잠기네.

-「엄마의 기일」 전문

그가 고3 시절 20세 때에 제1회 서라벌예술제에서 우수상을 받은 「엄마의 기일」이라는 작품의 전문全文이다. 그는 이 시의 말미에 '1954년 음력 5월 23일 어머니의 기일을 맞아 경주에서 새벽 기차로 고향에 가서 다시 다듬은 시'라는 해설을 달고 있다. 이를 살펴보면 그는 이미 어릴 적부터 시 공부를 열심히 해서 내공內功이 깊었을 뿐만 아니라, 시를 생활화하고 있었음을 느낄 수 있다.

나. 시심 가득한 청년이다

그의 시에는 어릴 적 이야기가 자주 등장한다. 그러한 만큼 어릴 적부터 시심이 깊었고, 미수米壽인 지금도 동심 가득한 시각으로 사물을 바라보고 있음을 엿볼 수 있다.

달빛 숲 아름다운 고향집/ 마당귀에/ 대보름 할매 맷돌이/ 빛은 앙금 어우러진/ 호두알같이 얽은 조포 그립구나.//

(가운데 줄임)

지신밟기 걸립패가/ 에움골목/ 접어들면 삽짝문 활짝 열고/ 말술에 조포안주/ 푸짐한 그날의 풍경이 눈에 선하네.//

-「조포」 1, 3연

그의 시 「조포」 중의 일부이다. '조포'는 두부를 말한다. 그는 지금, 맷돌을 돌려 조포를 지을 당시의 할매 보다 더 많은 나이가 되었지만 여전히 할매를 그리고 있다. 그는 지난날의 아름다웠던 그날의 풍경을 가슴 깊이 간직하고 있는 영원한 청년이다.

어느 해 여름 샘물이 말라 눈물처럼 고이는 테두리 없는/ 우물가에 두레박 끈을 잡고 졸고 있는 아이가 있었다.//
이윽고 삶의 경계선을 넘어선 찰나 두뇌의 활동은 멎고/ 심장만 뛰는 삶과 죽음 사이에 끼었다.//
고향 집 앞 오래된 감나무 아래에서 한 살 아래 사촌이/ 고뿔이 들어 칭얼대자 할매가 업고 있는 것이 못마땅한 고집쟁이/ 성화에 못 이겨 내려놓자 성이 난 사촌이 머리만 한/ 돌덩이로 내 발을 찧었다.//
아프고 분하여 달래는 할매를 뿌리치고 불 맞은 노루처럼/ 땅에 핏자국 떨구며 동구 밖으로 달음질쳤다.//
멀찌감치 떨어진 우물가에 닿을 때까지/ 분이 풀리지 않아 생각 없이 태없는 우물가에 앉아/ 평소 엄마들처럼 두레박 끈을 잡고 물이 고이기를/ 기다리다 깜박 졸았다.//
산 중턱 벼랑밭에 일하던 숙모의 눈에 아이가 우물 가까이/ 가더니 사라져 혹시나 하고 달려가 깊은 우물 속을 살피는 순간/ 소스라쳐 말을 못 하고 집으로 달려가 샘 안에 아이가!? 하며/ 황급을 떠니 마침 들일 끝내고 돌아온 아버지가 우물 속에/ 들어가 보니 샘물은 목까지 차있고 생사는 알 길 없어 들쳐업고/ 우물을 빠져 나왔으나 의식이 없었다.//

그때 오지마을은 병원을 모르고 살았기에 그냥 방바닥에 뉘어 놓고/ 깨어나기 소망하며 빌고 빌었다 정성의 효험일까? 덮인 눈꺼풀이/ 움직이니 방 안 가득 동네 사람들 '살았다 살았다' 소리치는데/ 할매 엄마는 눈물만 쏟을 뿐 어쩔 줄 모르고 새파랗게 질려있었다.//

신기하게 엄지 발톱이 빠진 것은 돌덩이 탓일 뿐 머리칼 하나/ 다친 데 없으니 모진 운명인 것 같다.//

삶과 죽음의 사이는 이승도 저승도 아닌 평화로운 무승이다.// -「삶과 죽음 사이」

어린 시절 죽음을 경험한 자신의 모습을 읊은 시이다. 이 시에서 그는 사촌 동생이 할머니의 등에 업히자 우리 할머니라며 기어이 끄집어 내리다가, 그 동생에게 발등을 찍히고, 그러다가 분을 못 이겨 우물에 빠져 다 죽어가다가 겨우 살아난 어린 시절의 모습을 고스란히 보여주고 있다. 눈에 선한 전형적인 어린이의 모습이다.

시인은 이처럼 오래된 모습도 잊지 않고 되살려 꾸밈없이 보여주고 있다. 따라서 그의 시는 그의 자서전이라 해도 무방할 것이다.

다. 꾸준한 학생이다

사람은 누구나 학생이지만 그는 더욱 배움을 갈구하고 있다. 그는 필자가 20여 차례 진행한 소재발굴답사모임에

단 한 번도 결석하지 않고 꾸준히 참여하였다. 또한 신한국운동추진본부가 진행하는 신한국인성대학원에도 모든 학기를 개근皆勤하였다. 그리고 강의가 있는 곳이면 어디든 찾아가서 빈 가슴을 가득 채운다. 항상 기록을 하고 의문이 나는 것은 서슴없이 질문을 한다. 80이 넘었음에도 그의 태도는 진지하고 열심이다. 그리하여 필자는 '이분은 진정 호학好學하시는 분이구나!' 하고 존경해 마지않게 되었다. 해서 시를 잘 모르면서도 그의 시집 뒤에 붙일 글을 거절하지 못하고 이렇게 끌어안게 되었다.

그는 '불치하문不恥下問'을 깊이 실천하는 믿음 깊은 학생임에 분명하다.

> 문무대왕 시선이/ 지평선을 바라보는 푸른 바다/ 바람이 거칠면 엎드리고/ 파도가 숨 고르면/ 부채살 돌기둥을 베고/ 누워 있는 주상절리…//
> 이천만 년의 세월이/ 녹아있는 석혈은 한 떨기 해국으로/ 피운 꽃 오묘하여 창조주/ 깊은 뜻을 헤아릴 수 없네.//(아래 줄임)
> –「주상절리」 1, 2연

그의 시에는 이처럼 사물을 궁구窮究하는 자세가 엿보인다. 깨달음을 자랑하기보다는 이처럼 의문을 제시함으로써 영원한 학생의 자세를 보여준다. 이러한 학생의 자세는 겸손이 뒷받침되어 더욱 빛나고 있다.

3. 류우복의 시는 어떠한가

가. 깊은 심미안을 가졌다

작은 씨앗 하나/ 바람의 등을 타고//
대지를/ 한 바퀴 휘익 돌아//
단단한/ 바위틈에 박혀//
입눈을 내더니/ 꽃잎을 밀어내고//
드디어/ 열매를 맺어/ 반짝이는 결실을//
들마당에/ 내어놓는다.//
-「위대한 씨앗」 전문

작은 씨앗 하나가 바람에 날려 바위 구멍에 내려앉아 기어이 싹을 틔우는 모습을 보고 생명의 위대함을 찬양하고 있다. 이 작은 씨앗은 시인의 모습으로도 투영되어 온다. 그 자신 역시 이러한 삶을 이어왔기에 더욱 절실한 시각으로 이 시를 읊지 않았을까 한다.

불가뭄 뙤약볕이/ 논바닥에 손금 그어 대고/ 참나리 꽃대가 축 처진 어느 날 오후//
머슴아 굵은 오줌발처럼/ 흙이 폭폭 패이던 소나기/ 어느새 뚝 그친다.//
후더운 여름이 흐르는 고향 집 마당에/ 시골 아재비 손가락만 한/ 미꾸라지 몇 마리 길길이 뛰고 있다.//

무논 귀 작은 웅덩이에서/ 삼麻대 같은 빗줄기 타고/ 넓은 세상 찾아/ 오르려다 떨어진 저 낭패.//

보시의 마음이 우러나/ 노을빛에 고이 담아 배냇물에/ 띄우니 꼬리 흔들며/ 스며들 때 하늘의/ 무지개가 웅덩이에 뿌리 내린다.//

-「어느 날 오후」 전문

비 온 뒤에 마당을 뒹굴고 있는 미꾸라지를 살려준 이야기이다. 당시 미꾸라지라면 주워 모아 반찬으로 삼을 만도 한 상황이었지만 그는 보시普施를 베푼다. 그러한 보시의 마음이 바로 그의 시심詩心으로 작용한다. 따스한 인간애를 느낄 수 있다.

빌딩숲 속 흐르는 신천에/ 되우새 날아 앉아/ 물밑 생물의 영혼에 생기를/ 불어넣는다.//

가창골 찬 샘물이 신천을 이루어/ 금호강 가는 길에/ 하중도 쉼터에서 물고기/ 아가미 헹궈주고//

햇살 부신 대낮에/ 지문 없는 아지매 손 같은/ 앙증맞은 손발로/ 신천강 물살 가르며 찾아온 수달/ 5대 독자 신혼의 한 쌍에게/ 알밤 한 움큼 던져 주리라.//

올가을 상달에 양띠/ 아기수달 안고 와 백일잔치 벌이자/ 달구벌 신천에서…//

-「살아있는 신천- 수달 이야기」 전문

신천新川이 맑아져 수달이 살게 되었다고 하자 그 수달과 잔치를 벌여야 하겠다며 기뻐하고 있다. 그는 둘레의 일상에서 무엇 하나 사소히 흘려보내지 않고 따스한 눈길을 주고 있다. 이러한 눈길이 바로 그의 시를 이루는 바탕이 되고 있다.

> 들걷이 참새꽁지 불붙은/ 시월 상달 새벽 하늘에/ 절세미인의 입술을 탁본한/ 손수건이 떠 있다.//
>
> 맴도는 터주 샛별이/ 군침 흘리지만/ 접근 금지선을 넘을 수 없어/ 잉걸불 열정 홀로 외롭다.//
>
> 탁본한 입술을 내 가슴에 달아주며/ 눈 맞춤한 그녀가/ 월계관 꿈을 품고/ 아득한 부활의 바다에/ 조용히 쪽배 띄운 저 결기決起….//
>
> -「그믐달」 전문

가느다란 그믐달을 보고 미인의 입술을 떠올리다가 문득 유혹을 물리치고 영광의 월계관을 향해 떠가는 쪽배를 그려낸다. 그러다가 시각적 이미지에서 메시지 중심으로 옮겨간다. 그리하여 가녀린 모습이 아니라 새로이 만월滿月을 꿈꾸는 높은 포부를 그려내고 있다.

이는 그동안 어려운 여건에서도 기업을 일으키고 또 시 쓰기를 계속해 온 본인의 모습이 투영된 것이 아닐까 한다.

나. 시각적 이미지를 즐겨 쓴다

그의 시는 시각적인 이미지를 바탕으로 의미를 추출해 내고 있어 독자들에게 쉽게 다가온다. 이는 그가 살아오면서 많은 사람들과 부대낀 결과에서 비롯된 자연스러운 시 구성법이 아닌가 한다.

> 붉은 꽃치장 마다하고/ 망초꽃 흰 깃발 지천으로 나부끼는/ 산기슭 싱그러운 잎새 품에/ 산딸기 빨간 젖꼭지/ 보일 듯 말 듯 감추고 있다.//
> 유월 초록비에/ 어머니 굽은 허리 같은/ 고추 모종이 일어서고/ 밭이랑에 꽂아놓은 고구마 순이/ 하얀 종아리 내려 뻗는다.//
> 으스름히 저물어 가는 들녘/ 모심기 새물 가둔 천둥지기 논에/ 엉머구리 떼가 콩죽 끓는 듯 요란하면/ 농기계 손보는 아재비는/ 뜬눈으로 또 하루를 쪼갠다.//
> –「고향의 6월」 전문

'산딸기 빨간 젖꼭지', '하얀 종아리' 등의 시각적 이미지로 고향의 6월 모습을 더욱 선명하게 그려내고 있다. 그러나 시각적 이미지에만 머무르지 않고 의미적 요소를 자연스럽게 배치하고 있어서 독자들은 시인의 메시지를 쉽게 짐작할 수 있다. 즉 이 시의 바탕에는 바쁜 농촌의 모습에 대한 연민의 정을 깔고 있는 것이다.

앞뜸 둔덕에/ 감나무 한 그루/ 한여름 햇볕을 막아주는/ 잎이 보시를 한다.//

감꽃이 떨어지면/ 감잎처럼 파아란 열매 맺어/ 땡감이 홍시로 익을 무렵//

푸른 잎새가/ 가을 햇살에 영롱한 수를 놓고//

청녀의 여신 앞에/ 손을 놓는/ 아름다운 단풍의 임종/ 조용히 뿌리로 돌아간다.//

–「단풍의 임종」 전문

역시 서정적인 농촌 모습을 보여주듯 그리는 가운데에 삶의 순리順理를 제시하고 있다. 누구나 치열하게 삶을 영위하지만 순리에 따라 조용히 손을 놓아야 한다는 메시지를 우리에게 던져주고 있는 것이다.

다. 항상 희망적인 시각을 보여준다

그는 더러 불합리적인 상황을 준엄하게 지적도 하지만 끝내는 조용히 희망적인 염원을 제시한다. 이는 그가 쌓아온 치열한 경륜에서 비롯되었을 것이다.

대구 달성공원 앞 이른 새벽에/ 장이 서고 해 뜰 무렵 파장하는/ 새벽시장이 장마당처럼 붐빈다.//

늦겨울 여명이 쌀쌀한 어느 날/ 시골 할매가 5월보다/ 더 푸른 봄동을 챙겨서 첫차로 왔건만/ 난전엔 빈자리가 없어/ 구석

에 포대기 깔고/ '한피기 이처넌'이라 써 놓았다.//

쇼핑수레 끌고 온 맘 좋은 아주머니/ 봄동 할매 손이 얼었다고/ 안쓰러워하며/ 남은 봄동 떨이하자/ 봄동 할매 언 봄이 눈처럼 녹았다고…//

과일 좌판 앞에 멈춘 아줌마/ 아차!/ 거스름돈 속에 큰돈이 따라와/ 종종걸음 쳤지만 자리 뜬 봄동 할매/ 다음 날도 그다음 날도 그 자리에/ 새벽 달빛만 서성인다.//

–「새벽시장」 중에서

사람들이 사상事象을 보는 관점은 현재 각자 처한 상황을 바탕으로 형성된다. 하나의 사상을 두고 달리 보는 것은 각자 처한 상황이 다르기 때문이다.

시인은 고달프고 힘들게 보기 쉬운 새벽시장에서 따스한 인간애를 발견하여 보여주고 있다. 그것은 그가 그렇게 되기를 염원하기 때문일 것이다. 그는 항상 희망적인 시각을 간직하고 있다.

청화산 줄기 끝 한적한 도롯가에/ 질독으로 쌓은 높다란 담장/ '무인주막' 팻말이 눈길을 당긴다.//

참나무 장작이 담장 안을 에워싼 마당/ 숯불 직화구이 침이 돈다./ 목탄 난로 위에 고구마 굽는 향수는/ 덤이라고 소문은 발이 길어/ 오늘도 콩나물시루다.//

냉장고에 삼겹살과/ 별의별 먹거리 푸짐하고/ 소주 막걸리

도 넉넉하다//

외양간 암소는 눈만 껌벅일 뿐/ 주인은 그림자도 비치지 않고/ 식객이 즐긴 대가는 스스로 셈하여/ 한 길 깊은 양심독에 던져넣고 간다.//

어느 날 우연히 만난 주인께 물었다./ 질독에 든 지폐를 훔쳐가면 어쩌노?/ 대답은/ 버림받은 기막힌 눈물이겠지요!//

기막힌 삶의 질곡을 헤쳐나온/ 무인주막의 숨은 보시/ 군자의 사연은 오리무중이다.//

–「무인주막」 전문

그의 눈에는 '무인주막'이 매우 크게 발견된다. 각박한 현실에 샘물 같은 인정이 우리에게 절심함을 선명하게 새겨준다. '버림받은 기막힌 눈물이겠지요!'라고 받아넘긴 무인주막을 연 주인 역시 깊은 시심詩心으로 세상을 살아가고 있음을 보여주고 있다. 이는 류우복 시인 자신도 그렇게 살아야 하겠다는 것을 암시하고 있다.

라. 역사적 아픔에서 교훈을 찾고 있다

그의 시에는 역사적 사건이 많이 등장한다. 역사에는 교훈이 들어있으므로 잊을 수 없고, 잊어서도 안 된다는 그의 지론持論이 바탕으로 작용하고 있기 때문일 것이다.

아! 그날 6.25!/ 공산주의 무리가 불질하는 광란에/ 강산이 잿더미에 덮이고/ 한강대교, 왜관철교 무너졌지만/ 밀물처럼 낙동강을 넘어선 인민군.//

대구의 보루 팔공산 자락에/ 붉은 진을 치고/ 가산 방어선을 공격하는 북녘의 꽃봉오리/ 뉘를 위하여 낙엽처럼 떨어져/ 두엄처럼 쌓였는가?/ 생선 썩는 냄새 하늘 코를 찔러/ 구름이 눈물 뿌리고 바람이 통곡하였다.//

천둥소리 폭탄이 발등에 떨어지는 듯/ 불을 뿜는 지척에서 잠 못 이루는 벽촌에/ 따발총이 들이닥쳐 산속에 숨은 소를/ 다부동 전투지로 끌고 간다.//

돌망태 매단 걸음으로 칠흑의/ 간동다리 건널 때 앞선 누렁이 획 돌아서는/ 낭떠러지 아래 붉은 강물은 저승 문턱/ 놀란 가슴에 빼앗긴 울분 겹쳐 이승을 떠나신 할아버지/ 전쟁의 아픔이 지워지지 않은/ 끊어진 간동다리…//

-「끊어진 간동다리」 전문

간동다리는 구안도로(대구-안동) 중간 지점인 군위군 효령면 위천에 있었던 옛 다리를 가리킨다. 그 다리는 6.25 때에 끊어지고 말았다. 6.25를 직접 겪은 시인은 그 다리에서 수많은 전사자들을 목격하였다. 뿐만 아니라 시인의 조부祖父도 이 다리에서 살림 밑천으로 고이 길러온 소를 인민군에게 빼앗기고 결국은 울분으로 세상을 떠나게 되었음을 밝히고 있다.

전쟁은 이처럼 죄 없는 청년들을 생고등어 썩듯 썩어가게 만들고 순박한 시골 농부를 울분에 젖게 만든다는 것을 몸소 겪었던 것이다. 그리하여 이를 시로 읊어내어 다시는 이 땅에 이러한 비극이 없기를 염원하고 있다.

> 바다가 까맣다./ 하늘도 까맣다.//
> 팽목항 앞바다/천길 물속에서 울부짖는 소리가/ 물기둥이 되어 /하늘을 찌른다.//
> 눈물에 젖은 달빛이/ 분향소에 머리를 풀고/ 자욱한 향내음에/ 문둥이보다 더 서럽다//
> 국화꽃은 바닷속 눈초리/ 똑바로 볼 수 없어 고개 떨구고/ 헛개비처럼 우두커니 서 있다.//
> 겨레가 운다/ 하늘도 땅도 까맣게 운다.//
> –「까맣다」 전문

시인은 이 시의 말미에 '2014. 4. 16. 세월호 여객선이 인천에서 제주로 항해 중 진도 팽목 앞바다에 침몰하여 주로 단원고 학생 400여 명이 희생되다.'라고 적고 있다. 이를 통해 시인은 이 시대 상황을 항상 주시하고 있으며, 그러한 상황에 얼마나 많은 반성을 기원하고 있는가를 짐작할 수 있다. 그는 지금도 여러 현상을 놓치지 않고 찬찬히 되새김질하고 있을 것이다.

마. 동화적 발상이 돋보인다

둥근 식탁에 대게가 엎드려 있다./ 장끼를 낚아챈 황조롱이/ 눈알 돌리듯/ 식탁 위의 눈들이 회전한다.//

심해의 귀족 족보에 오른/ 대게는 옆걸음이 직선인 바다의 마법사/ 거북선 노처럼 기세 있는 건각으로//

깊고 아득한 용궁에 뛰어들어/ 용왕님의 수라상 된장을 서리해 배를 채우고/ 옆걸음으로 줄행랑치다가/ 포도청 그물에 걸려버린 저 운명….//

펄펄 끓는 물고문에 사지를 비틀고/ 뱃구레를 긁어낸 된장으로/ 밥 비비는 형벌을/ 예견한 대게가 삶을 포기하고 / 새끼들에게/ 유언을 남겼으리라!//

"사랑하는 얘들아!/ 약육강식의 사바세계다/ 용와대 근처에는 가지를 말거라."//

-「대게」 전문

첫여름이 흐르는 산기슭/ 풀씨밭에 꿩이 울면/ 향수鄕愁 젖은/ 내 마음은 어느덧 고향으로 내달린다.//

장끼는 전원의 은군자,/ 눈언저리에 장미꽃이 곱고/ 청잣빛 목도리 멋스러운 맵시/ 숲속의 호걸/ 수꿩이 솔밭 기슭에 내려오면/ 그리운 연인처럼 설렌다.//

알락 무늬 깜찍한 까투리/ 갈잎 덤불 속에/ 파르무레한 꿩알을 품고/ 포식자 살피는/ 눈초리 날카롭고 매서운 암꿩의 모성애/ 종족 보존 집념이 대견스럽다.//

(아래 줄임)

–「꿩 – 장끼와 까투리」 중에서

앞의 시 「대게」와 뒤의 시 「꿩」은 모두 동화적 발상으로 구성하여 스토리텔링 기법으로 그려내고 있다. 그러나 단순 묘사나 설명이 아니고 시의 바탕에 깊은 교훈적 장치를 해두고 있어 여운을 가지게 한다. 즉 '대게'를 통해서는 '처신을 잘해야 한다. 갈 곳과 가지 않을 곳을 가려야 한다.'는 메시지를, '꿩'에서는 그렇게 요란한 외모는 모두 종족 보존의 집념에 의해 형성되었다는 즉 치열한 삶의 자세를 메시지로 던지고 있다.

그의 시에는 이처럼 동화적 발상과 구성을 바탕으로 깊은 울림을 주고 있다.

마. 노랫말 형식을 즐긴다

이번 시집에는 또한 여러 편의 노랫말 작품이 나온다. 이러한 작품을 쓸 때에 그는 수도 없이 노래를 흥얼거렸을 것이다. 그러면서 노랫말 속에 담긴 사연과 정서를 되새기며 때로 가라앉히다가 때로 격정에 부르르 떨기도 했을 것이다.

이는 그만큼 연륜에 비례하여 쌓인 한恨과 흥興이 많았기 때문일 것이다.

햇살이 내리쬐는 양지뜸에 홀로앉아
강물에 어른대는 임의얼굴 바라본다.
별들이 졸고있는 한밤중에 잠이깨도
그대가 웃음짓는 얼굴이 보고싶다
아아! 그리워라 아아! 그리워라
-「그리움」 제1연

삼백만의 자존심 달구벌 타워 위에
밤마다 별들이 내려와 초롱불 내걸고
두류공원 실개천에 향수鄕愁가 흐른다.
백세의 젊음이 출렁인다 붉은 피가 돈다.
-「두류공원 찬가」 제3연

4. 맺으며

그는 의지로 일어선 시인이다. 부족함을 스스로 털어놓고 늘 새롭게 나아가려고 애쓴다. 그는 애써 88세라는 물리적 나이의 형식적인 권위를 내세우지 않는다. 늘 겸손한 자세로 호학好學한다.

시는 곧 사람이다. 류우복의 시는 곧 류우복이다. 그는 시를 통해 그 자신을 조용히 내어보인다. 그는 꾸밈이 없어 진솔하다. 그는 겸손하여 그의 시도 겸손하다. 그의 시를 읽는 것은 그와 대화를 나눈 것과 같다. 그의 시를 읽으면 행복해진다.

앞으로도 그의 시는 잔잔한 가르침과 더불어 한편 커다란 울림으로 우리들에게 다가올 것이다.

끝으로 그의 표제작 「가슴벽에 걸어둔 달빛 풍경」 일부를 읽으면서 두서없는 글을 마감하고자 한다. 이 시는 시인의 회한悔恨과 현재의 심경心境을 매우 절실하게 보여주고 있다.

> 청산에 둘러싸인 한적한/ 마을에 해가 지면/ 달빛이 어둠을 지우고/ 귀뚜라미 고요 속에 잠들 때/ 치성 드리는 할매 손은 바쁘시다.//
>
> 달빛 가득한 허공을/ 드비 날아오르는 멧새 그늘에 놀란/ 애련한 궁노루 눈가에/ 짝을 찾는 그리움이 고인다.//
>
> 초가 마당에 달빛이/ 서설처럼 흩날리면 불면이 귀를 열고/ 이 산 저 산 "솥적당"/ 소쩍새의 달빛 연가 천년 넋이 붉다.//
>
> 재 너머 아련한 기적이/ 사린 마음을 훔쳐내는 밤에/ 달빛이 푸른 솔잎에 영롱한 수를 놓아/ 눈길 사로잡는 그림 한 폭!//
>
> 가슴벽에 걸어둔 달빛 풍경…//
>
> -「가슴벽에 걸어둔 달빛 풍경」 전문